흔들리며 피는 꽃

흔들리며 피는 꽃

도종환 시집

문학동네

自序

　가야 할 길이 너무 멀어 허위허위 있는 힘을 다해 시를 끌고 왔다.

　해야 할 말이 너무 많아 그 말을 대신 해달라고 시에게 많은 부탁을 해왔다.

　지난해 육신에 병이 들면서부터일까.

　이제 좀 시를 자유롭게 놓아주고 싶었다.

　내가 가기로 정한 길로 시를 끌고 가려고만 하지 말고 시가 가자는 대로 얼마쯤은 따라가주고 싶었다.

　말도 조금은 삼가고 시의 어깨 위에 얹었던 무게도 조금은 내려주고.

　그렇게 얼마쯤 시가 가자는 대로 따라가주고 싶었다.

1994년 6월

도종환

차례

自序

1부 | 사람의 마을에 꽃이 진다

2부 I 그리운 얼굴은 어느 마을에 들었는가

4부 | 마음속 불꽃이 병이 된다

1부

사람의 마을에 꽃이 진다

산사문답

이 비 그치면
또 어디로 가시려나

대답 없이 바라보는 서쪽 하늘로
모란이 툭 소리없이 지는데

산길 이백 리
첩첩 안개구름에 가려 있고

어느 골짝에서 올라오는 목탁 소리인고
추녀 밑에 빗물 듣는 소리

낙화

사람의 마을에 꽃이 진다
꽃이 돌아갈 때도 못 깨닫고
꽃이 돌아올 때도 못 깨닫고
본지풍광本地風光 그 얼굴 더듬어도 못 보고
속절없이 비 오고 바람 부는
무명의 한 세월
사람의 마을에 비가 온다

오늘밤 비 내리고

오늘밤 비 내리고
몸 어디인가 소리없이 아프다
빗물은 꽃잎을 싣고 여울로 가고
세월은 육신을 싣고 서천으로 기운다
꽃 지고 세월 지면 또 무엇이 남으리
비 내리는 밤에는 마음 기댈 곳 없어라

꽃잎

처음부터 끝까지 외로운 게
인생이라고 생각하면
눈물이 난다

지금 내가
외로워서가 아니다

피었다 저 혼자 지는
오늘 흙에 누운
저 꽃잎 때문도 아니다

형언할 수 없는
형언할 수 없는

시작도 알지 못할 곳에서 와서
끝 모르게 흘러가는
존재의 저 외로운 나부낌

아득하고
이득하어

돌아가는 꽃

간밤 비에 꽃 피더니
그 봄비에 꽃 지누나

그대로 인하여 온 것들은
그대로 인하여 돌아가리

그대 곁에 있는 것들은
언제나 잠시

아침 햇빛에 아름답던 것들
저녁 햇살로 그늘지리

바람이 그치면 나도 그칠까

바람이 그치면 나도 그칠까
빗발이 멈추면 나도 멈출까
몰라 이 세상이 멀어서 아직은 몰라
아픔이 다하면 나도 다할까
눈물이 마르면 나도 마를까
석삼년을 생각해도 아직은 몰라
닫은 마음 풀리면 나도 풀릴까
젖은 구름 풀리면 나도 풀릴까
몰라 남은 날이 많아서 아직은 몰라
하늘 가는 길이 멀어 아직은 몰라

꽃잎 인연

몸끝을 스치고 간 이는 몇이었을까
마음을 흔들고 간 이는 몇이었을까
저녁하늘과 만나고 간 기러기 수만큼이었을까
앞강에 흔들리던 보름달 수만큼이었을까
가지 끝에 모여와주는 오늘 저 수천 개 꽃잎도
때가 되면 비 오고 바람 불어 속절없이 흩어지리
살아 있는 동안은 바람 불어 언제나 쓸쓸하고
사람과 사람끼리 만나고 헤어지는 일들도
빗발과 꽃나무들 만나고 헤어지는 일과 같으리

바람이 오면

바람이 오면
오는 대로 두었다가
기게 하세요

그리움이 오면
오는 대로 두었다가
가게 하세요

아픔도 오겠지요
머물러 살겠지요
살다간 가겠지요

세월도 그렇게
왔다간 갈 거예요
가도록 그냥 두세요

사월 목련

남들도 나처럼
외로웁지요

남들도 나처럼
흔들리고 있지요

말할 수 없는 것뿐이지요
차라리 아무 말
안 하는 것뿐이지요

소리없이 왔다가
소리없이 돌아가는
사월 목련

님은 더 깊이 사랑하는데

사랑을 하면서도 잎 지는 소리에 마음 더 쏠려라
사랑을 하다가도 흩어지는 산향기에 마음 더 끌려라
님은 더 깊이 사랑하는데 나는 수쩍새 소리에 마음 끌려라
사랑을 하다가도 사라지는 별똥 한 줄기에 마음 더 쏠려라

가을밤

그리움의 물레로 짓는
그대 생각의 실타래는
구만리 장천을 돌아와
이 밤도 머리맡에 쌓인다.

불을 끄고 누워도
꺼지지 않는
가을밤 등잔불 같은
그대 생각

해금을 켜듯 저미는 소리를 내며
오반죽 가슴을 긋고 가는
그대의 활 하나
멈추지 않는 그리움의 활 하나

잠 못 드는 가을밤
길고도 긴데

그리움 하나로 무너지는 가을밤

길고도 긴데

홍매화

눈 내리고 내려 쌓여 소백산 자락 덮어도
매화 한 송이 그 속에서 핀다

나뭇가지 얼고 또 얼어
외로움으로 반질반질해져도
꽃봉오리 솟는다

어이하랴 덮어버릴 수 없는
꽃 같은 그대 그리움

그대 만날 수 있는 날 아득히 멀고
폭설은 퍼붓는데

숨길 수 없는 숨길 수 없는
가슴속 홍매화 한 송이

사연

한평생을 살아도 말 못하는 게 있습니다
모란이 그 짙은 입술로 다 말하지 않듯
바다가 해일로 속을 다 드러내 보일 때도
해초 그 깊은 곳은 하나도 쏟아놓지 않듯
사랑의 새벽과 그믐밤에 대해 말 안 하는 게 있습니다
한평생을 살았어도 저 혼자 노을 속으로 가지고 가는
아리고 아픈 이야기들 하나씩 있습니다

바다를 사이에 두고

바다를 사이에 두고
우리가 밤마다 뒤척이며 돌아눕고 있구나

그대 있는 곳까지 가다가
끝내 철썩철썩 파도 소리로 변하고 마는
내 목소리

사랑한다 사랑한다고 수없이 던진 소리들이
그대의 기슭에 다 못 가고
툭툭 물방울로 치솟다 떨어지는

바다를 사이에 두고
그대가 별빛으로 깜빡일 때
나는 대낮의 거리에서 그대를 부르고 있거나

내가 마른 꽃 한 송이 들고 물가로 갈 때
언덕 아래 가득한 어둠으로 저물던

그대와의 자전하는 이 거리

바다를 사이에 두고 오늘도
밤마다 뒤척이며 돌아눕고 있구나

사랑업

이 세상에는 저만 모르는 채
저를 사랑하는 사람이 있습니다
이 세상에는 저만 모르는 채
저를 미워하는 사람이 있습니다
사랑이 미움으로 바뀌는 동안
제가 불을 붙이고
창을 열어 꺼뜨린 촛불이 있습니다
이 세상에서 쌓은 선업과 악업이
사랑과 미움으로 자라는 동안
저만 모르는 채 떴다 지는
별 몇 개 있습니다

낙엽

헤어지자
상처 한 줄 네 가슴 긋지 말고
조용히 돌아가자

수없이 헤어지자
네 몸에 남았던 내 몸의 흔적
고요히 되가져가자

허공에 찍었던 발자국 가져가는 새처럼
강물에 담았던 그림자 가져가는 달빛처럼

흔적 없이 헤어지사
오늘 또다시 떠나는 수천의 낙엽
낙엽

대합실

늘 떠나고 싶었네
늘 돌아오고 말았지만

이 대합실에 서면
꼭
떠나고 싶었네

앞으로도 결국은
돌아오는 일을 되풀이하며
살아야 하겠지만

정말로 정말로
떠나고 싶었네
모든 것으로부터

2부

그리운 얼굴은 어느 마을에 들었는가

세우

가는 비 꽃잎에 삽삽이 내리고
강 건너 마을은 비안개로 흐리다
찔레꽃 찬 잎은 발등에 지는데
그리운 얼굴은 어느 마을에 들었는가
젖은 몸 그리움에 다시 젖는 강기슭

여름 한철

동백나무 묵은잎 위에
새잎이 돋는 동안
아침 창가에서 시를 읽었다

난초잎이 가리키는 서쪽 산 너머
지는 해를 바라보며
바로 세우지 못한 나랏일에 마음 흐렸다

백작약 뿌리를 달여 먹으며
견디는 여름 한철

작달비 내리다 그친 뒤에는
오랜 해직생활에 찾아온 병은
떠날 줄을 몰랐다

여름밤 깊고 깊어 근심도 깊은데
먼 마을의 등불도 흔들리다 이울고

띠구름 속에 떴다 지는 까마득한 별 하나

보리 팰 무렵

장다리 꽃밭에 서서 재 너머를 바라봅니다
자갈밭에 앉아서 강 건너 빈 배를 바라봅니다
올해도 그리운 이 아니 오는 보리 팰 무렵
어쩌면 영영 못 만날 사람을 그리다가 웁니다

아득한 날

아득하여라. 나 하나도 추스르기 어려운 날은
하루에도 들끓는 일천팔백 번뇌의 바람에
니맛잎 한 장으로 날려가다 동댕이쳐지는 날은
캄캄하여라. 길 하나도 보이지 않는 날은
가는 길마다 허리 끊어진 허방다리인데
먹물 같은 어둠을 묻혀 벼루만한 세상에 고꾸라지는 날은

흔들리며 피는 꽃

흔들리지 않고 피는 꽃이 어디 있으랴
이 세상 그 어떤 아름다운 꽃들도
다 흔들리면서 피었나니
흔들리면서 줄기를 곧게 세웠나니
흔들리지 않고 가는 사랑이 어디 있으랴

젖지 않고 피는 꽃이 어디 있으랴
이 세상 그 어떤 빛나는 꽃들도
다 젖으며 젖으며 피었나니
바람과 비에 젖으며 꽃잎 따뜻하게 피웠나니
젖지 않고 가는 삶이 어디 있으랴

울바위

작약꽃 옆에서 발을 씻는다
송홧가루 날려와 물가에 쌓인다
세상 근심에 여럿이 밤을 지샌 아침에도
울바위 아래 어여쁜 물 무심히 흘러라

목련잎

목련나무 잎 떨어져 뜰을 가득 덮는데
병 깊은 우리 님은 어느 산천을 떠도는지
재 너머 마을엔 진눈깨비 치는데
묶인 몸 곤한 맘으로 어느 고개를 넘는지

윤삼월

높새바람 불다 그친 윤삼월 저물녘
자목련꽃 소리없이 지는 처맛기슭
그대 목련처럼 가고 난 뒤엔
뜻도 꿈도 육신도 허전하여서
사람에게 걸었던 그리움마저
허전하고 허전하고 하 허전해서
몸도 따라 하염없이 저무는 윤삼월

물결도 없이 파도도 없이

그리움도 설렘도 없이 날이 저문다
해가 가고 달이 가고 얼굴엔 검버섯 피는데
눈물도 고통도 없이 밤이 온다
빗방울 하나에 산수유 피고 개나리도 피는데
물결도 파도도 없이 내가 저문다

골목길

별 하나 눈물처럼 홀로 깜박이는 밤
가뭇가뭇한 골목길을 먼지 묻어 돌아온다
마음은 높은 곳으로 끝없이 가고 있는 동안에도
몸은 지쳐 낮은 곳으로 한없이 흘러간다

비 내리는 밤

빗방울은 창에 와 흐득이고
마음은 찬 허공에 흐득인다
바위 벼랑에 숨어서
젖은 몸으로 홀로 앓는 물새마냥
이레가 멀다 하고
잔병으로 눕는 날이 잦아진다
별마저 모조리 씻겨내려가고 없는 밤
천 리 만 길 먼 길에 있다가
한 뼘 가까이 내려오기도 하는 저승을
빗발이 가득 메운다

시든 국화

시들고 해를 넘긴 국화에서도 향기는 난다
사랑이었다 미움이 되는 쓰라린 향기여
잊혀진 설움의 몹쓸 향기여

미루나무

혼자서는 저마다 가슴 아픈 옛일도
속가슴에 묻어두고 달그늘에 감춰두고
몰래 울던 눈물도 햇빛 아래 지워져
미루나무 위에는 구름만 가득하다

저녁비

왕거미 솔잎 사이 제 집에 급히 오르고

저녁구름 너머로 초승달은 날락들락

길이 먼 저녁새 날갯짓 바쁜데

머리꼭지 적시는 빗방울은 오락가락

비를 그을 마을은 얼마나 남았는가

천 리를 걸어도 앞길은 캄캄

산길 십 리

눈 밟으며 혼자 넘는 산길 십 리
이 길로 이대로 깊어지고 싶어서
아래로 몸을 내리는 낙엽송 사이에서
돌아가기 싫어서 돌아가기 싫어서
풍경 소리 혼자 어는 산길 십 리

동백 피는 날

허공에 진눈깨비 치는 날에도
동백꽃 붉게 피어 아름답구나
눈비 오는 저 하늘에 길이 없어도
길을 내어 돌아오는 새들 있으리니
살아생전 뜻한 일 못다 이루고
그대 앞길 눈보라 가득하여도
동백 한 송이는 가슴에 품어 가시라
다시 올 꽃 한 송이 품어 가시라

가을날

딸아이 손을 잡고 성당에서 오는 길
가을바람 불어서 눈물납니다
담 밑에 채송화 오순도순 피었는데
함께 부른 노래 한 줄 눈물납니다

일요일

바쁘다고 늦게 자고 게을러서 늦게 깨는
아빠의 늦은 아침 밥상머리
우리 아가 매달려 칭얼칭얼대다가
두부 한 쪽 입에 물고 나풀나풀 갑니다
병아리처럼 마당을 한두 바퀴 돌다 와선
동미치쪽 하나 물고 콩당콩당 갑니다

일요일 아침

　지금부터입니다 지금 죽지 않고 어떻게 다시 태어날 수 있습니까 지금부터라도 모든 것을 버리지 않고 어떻게 새로울 수 있습니까 마늘순이 쑥쑥 솟는 햇빛 좋은 밭가에서 부활절을 기다리는 일요일 아침

3부

물이 깊어야 큰 배가 뜬다

책꽂이를 치우며

창 반쯤 가린 책꽂이를 치우니 방 안이 환하다
눈앞을 막고 서 있는 지식들을 치우고 나니 마음이 환하다
어둔 길 헤쳐간다고 천만 근 등불을 지고 가는 어리석음
이여
창 하나 제대로 열어놓아도 하늘 전부 쏟아져오는 것을

늦깎이

고통 속에서 깨달음을 얻고 깨달음 때문에 고통은 깊어갑
니다

이별이 온 뒤에야 사랑을 알고 사랑하면서 외로움은 깊어
갑니다

죽음을 겪은 뒤 삶의 뜻 알 것 같아 고개 드니 죽음이 성큼
다가섭니다

우리가 사는 이 짧은 동안

잃지 않고 얻는 것은 없으며 최후엔 또 그것마저 버리게
됩니다

파도와 갯벌 사이

쌓았단 흩어버리고 쌓았단 흩어버립니다
모았다간 허물어버리고 모았다간 허물어버립니다
파도와 갯벌 사이에 찍은 흔적처럼
결국은 아무것도 남기지 말아야 합니다
만났단 헤어지고 만났단 헤어집니다
구름과 하늘이 서로 만났던 자리처럼
결국은 깨끗이 비워주고 갑니다

밤길

미망의 어두운 밤길 흐린 달빛으로 걷다가

착하게 잠든 산천 아래 부끄러워라

업의 윤회를 쌓고 또 쌓는 어리석은 길

털어버릴 수 없어 풀 한 포기 앞에서도 부끄러워라

고요한 물

고요한 물이라야 고요한 얼굴이 비추인다
흐르는 물에는 흐르는 모습만이 보인다
굽이치는 물줄기에는 굽이치는 마음이 나타난다
당신도 가끔은 고요한 얼굴을 만나는가
고요한 물 앞에 멈추어 가끔은 깊어지는가

깊은 물

물이 깊어야 큰 배가 뜬다
얕은 물에는 술잔 하나 뜨지 못한다
이 저녁 그대 가슴엔 종이배 하나라도 뜨는가
돌아오는 길에도 시간의 물살에 쫓기는 그대는

얕은 물은 잔돌만 만나도 소란스러운데
큰 물은 깊어서 소리가 없다
그대 오늘은 또 얼마나 소리치며 흘러갔는가
굽이 많은 이 세상의 시냇가 여울을

맑은 물

맑은 물은 있는 그대로를 되비쳐준다
만산에 꽃이 피는 날 산의 모습은
아름다운 모습 그대로 보여주고
잎 하나 남지 않고 모조리 산을 등지는 가을날은
쓸쓸한 모습 그대로를 보여준다
푸른 잎들이 다시 돌아오는 날은 돌아오는 모습 그대로
새들이 떠나는 날은 떠나는 모습 그대로
더 화려하지도 않게 더 쓸쓸하지도 않게 보여준다
더 많이 들뜨지 않고 구태여 더 미워하지도 않는다
당신도 그런 맑은 물 고이는 날 있었는가
가을 오고 겨울 가는 수많은 밤이 간 뒤
오히려 더욱 맑게 고이는 그대 모습 만나지 않았는가

오늘도 절에 가서

오늘도 절에 가서 절집만 보고 왔다
요사채 아궁이 동자승이 두드리던 부지깽이만한
말씀 한 도막 못 얻어왔다
오늘도 절에 가서 절 뒤의 산줄기만 보고 왔다
오늘도 많은 사람을 만나고 왔다
십 년 넘게 얼굴을 아는 사람이 많았지만
마음속 한치도 못 들어가본 사람은 더 많았다

보리수나무

보리수나무 잎이 지고 있었습니다

아무 소리도 없이

당신은 말씀이 없으셔

사방은 적막하기 그지없었습니다

뒷산 숲도 맞배지붕 위에 내려와

턱을 고이곤 먼 데 하늘을 바라볼 뿐

보리수나무 잎만 가끔씩 지고 있었습니다

범종 소리 사라진 쪽 바라보며

말이 없으신 당신을 쳐다보다

보리수 그늘 돌아나오는 저녁

쯧쯧, 번뇌의 속옷은 그냥 둔 채

겉옷만 갈아입고 싶어하다니

그런 소리를 들었습니다

보리수 열매가 짧게 떨어지고 있었습니다

지는 꽃 보며

꽃도
윤회하는 걸까
지는 저 꽃잎들은
이제 업을 다 벗고 가는 걸까

돌아오는 새들은
삼천대천세계 다 지나
마지막으로
이 세상에 온 것일까

나만 아직도
못 벗고 있는 걸까
업의 그물
육도윤회의 이 굴레를

동안거

장군죽비로 얻어맞고 싶다
눈 하나 제대로 뜨지 못하고 어둡게 앉아 있는
내 영혼이 등짝이 갈라지도록

안락의 답답한 표피 하나 못 걷고
유혹의 그 알량한 속껍질 속으로 기어드는
정신을 도래방석에 얹어 누가
도리깨로 두들겨주었으면 싶다

물을 맞고 싶다 수직의 날카로운 폭포를
칼날 같은 물끝으로 누가 이 어리석은 육신을
얼음처럼 다 드러나 보이게
꿰뚫고 지나가주었으면 싶다

꽃과 라훌라

더이상 씨앗은 뿌리지 않기로 합니다
꽃의 성불에 대한 욕심도 그만두기로 합니다
저마다의 운명처럼 슬픔도 가지고 가게 합니다
바람 소리를 바람 소리로 오게 합니다
제 앞에 놓인 산을 제 발로 넘게 합니다

오동나무꽃 떨어진 걸
오동나무가 내려다보는 저녁 어스름

봄산

거칠고 세찬 목소리로 말해야 알아듣는 것 아니다
눈 부릅뜨고 악써야 정신이 드는 것 아니다
작고 보잘것없는 몸짓들 모여
온 산을 불러 일깨우는 진달래 진달래 보아라
작은 키 야윈 가지로도 화들짝 놀라게 하는
철쭉꽃 산철쭉꽃 보아라

어떤 날

어떤 날은 아무 걱정도 없이
풍경 소리를 듣고 있었으면
바람이 그칠 때까지
듣고 있었으면

어떤 날은 집착을 버리듯 근심도 버리고
홀로 있었으면
바람이 나뭇잎을 다 만나고 올 때까지
홀로 있었으면

바람이 소쩍새 소리를
천천히 가지고 되오는 동안 밤도 오고
별 하나 손에 닿는 대로 따다가
옷섶으로 닦고 또 닦고 있었으면

어떤 날은 나뭇잎처럼 즈믄 번뇌의
나무에서 떠나

억겁의 강물 위를

소리없이 누워 흘러갔으면

무념부상 흘러갔으면

쑥갓꽃

가장 뜨거울 때도 꽃은
오히려 조용히 핀다

한두 해를 살다가도 꽃은
오히려 꼿꼿하게 핀다

쓰리고 아린 것들 대궁 속에 저며두고
샛노랗게 피어나는 쑥갓꽃

가장 뜨거울 때도 꽃은
아우성치지 않고 핀다

법고 소리

일주문 아래 물줄기 손을 담그자
법고 소리가 물을 흔들며 울려왔다

서녘하늘 저녁노을 두드리며
소리는 바알갛게 번져갔다

물가에는 찔레가 하얗게 지고
숲에는 산목련꽃이 몸을 태웠다

번뇌도 꽃잎처럼 여기 버리고
그 무거운 세상인연도 버릴 때가 되었다

발을 묶은 그리움도 이제는 풀고
나도 다시 떠날 때가 되었다

4부

마음속 불꽃이 병이 된다

그해 봄

그해 봄은 더디게 왔다
나는 지쳐 쓰러져 있었고
병든 몸을 끌고 내다보는 창 밖으로
개나리꽃이 느릿느릿 피었다
생각해보면
꽃 피는 걸 바라보며 십 년 이십 년
그렇게 흐른 세월만 같다
봄비가 내리다 그치고 춘분이 지나고
들불에 그을린 논둑 위로
건조한 바람이 며칠씩 머물다 가고
삼월이 가고 사월이 와도
봄은 쉬이 오지 않았다
돌아갈 길은 점점 아득하고
꽃 피는 걸 기다리며 나는 지쳐 있었다
나이 사십의 그해 봄

병

마음속 불꽃이
병이 된다
가슴속 북풍이
병이 된다

불 같은 그리움
얼음 같은 외로움이
병이 된다

지나온 내 생애의
발자국마다
나로 인해 내린 비가
병이 되어 고인다

불 타며 불 타며
병이 된다
바람 불어 바람 불어

병이 된다

어떤 마을

사람들이 착하게 사는지 별들이 많이 떴다
개울물 맑게 흐르는 곳에 마을을 이루고
물바가지에 떠담던 접동새 소리 별 그림자
그 물로 쌀을 씻어 밥 짓는 냄새 나면
굴뚝 가까이 내려오던
밥티처럼 따스한 별들이 뜬 마을을 지난다

사람들이 순하게 사는지 별들이 참 많이 떴다

들길

들길 가다 아름다운 꽃 한 송이 만나거든
거기 그냥 두고 보다 오너라
숲속 지나다 어여쁜 새 한 마리 만나거든
나뭇잎 사이에 그냥 두고 오너라
네가 다 책임지지 못할
그들의 아름다운 운명 있나니
네가 끝까지 함께할 수 없는
굽이굽이 그들의 세상 따로 있나니

점

사람에게는 저마다 자신만 못 보는 아름다운 구석 있지요
뒷덜미의 잔잔한 물결털 같은 귀 뒤에 숨겨진 까만 점 같은
많은 것을 용서하고 돌아서는 뒷모습 같은

옛집 지나다

우리 살던 옛집 지붕 위에 새털구름 떴습니다
우리 서로 다독이며 걷던 길가에 수수꽃다리 피었습니다
수수꽃다리 핀 걸 혼자 바라보는 동안 밤이 왔습니다
세월은 때가 되면 별처럼 똑같은 모습으로 돌아와 자리하고
세상도 꽃처럼 똑같은 모습으로 피어 있는데
우리는 만날 수 없는 물줄기가 되어 따로따로 흘러갑니다

당신은 그곳에서 나는 여기서

어둠 속에서 언제나 길 찾아 흐르는 강물처럼
가꾸지 않아도 곧게 크는 숲속 나무들처럼
오는 이 가는 이 없는 산골짝에 소롯소롯 피는 꽃처럼
당신은 그곳에서 나는 여기서 우리도 그같이 피고 지며 삽
니다

오동꽃

오동나무 그늘에 앉아 술 한잔을 마시다
달은 막 앞산을 넘어가려 하는데
오동꽃 떨어져 술잔에 잠기다
짙은 오동꽃 향기만
향내 사라진 지 오래인 이내 몸을
한 바퀴 휘돌다 강으로 가다
물고기에나 주어버릴 상한 몸을
한두 번 훑어보다 강으로 가다

새소리에 지는 꽃

어제는 바람 때문에 꽃 지더니
오늘은 새소리에 꽃이 지누나

매화꽃 떨어진 위로
바람 소리를 잘게 잘게 썰어서
내려보내는 새 몇 마리

기와지붕 수막새 사이 오가며
그네처럼 목소리 흔들어
땅에 보내는 새 몇 마리

어제는 바람 때문에 꽃 지더니
오늘은 새소리에 꽃 지누나

죽령마을

씨오쟁이 덩그런 뒷뜰에도 사람 없고
주인 내외 일 나간 들녘 끝엔 도래바람
씀바귀꽃 민들레꽃 앞마당엔 노랑병아리
꽃담길엔 다옥한 연분홍 복사꽃

봄이 와도 오는 이 없고 꽃 피어도 보는 이 없는
꽃물결만 아름다운 석 달 봄날에
마을로 가볼까 발을 벋는 소백산 자락
산으로 가볼까 울을 넘는 찔레 무더기

갈잎

아픈 몸을 끌고 물가에 나오다
익을 대로 익은 느티나무 잎이
햇살을 달고 황홀하게 지는데
먼저 진 갈잎 몇 장과
나란히 물가에 눕다
뒤따라갈게요 뒤따라갈게요
물에 떠 흘러가는
갈잎 향해 던지는 소리인지
곁에 누운 내게 하는 말인지
마른 입술 달싹이는
사각사각 갈잎의 목소리

기침 소리

남태령 넘어온 바람이
국화꽃 모질게
흔드는 소리

봄부터 가을까지
올해도 님 그림자로 살았는데

님의 손짓 한 번이면
얼마든지 달려갈 수 있는데

뒷산 갈잎이
바람 앞에 준비하고 있늣
그렇게 살았는데

늦도록 불이 꺼지지 않는
수녀원 창 안엔
뒤척이는 기침 소리

가을이 아직도 안 갔는지
밭은기침 소리

소리

몸은 지쳐 쫓아가지 못하는데
마음만 말을 타고 구만리를 앞서가다
몸은 마음을 잃고
마음은 몸을 놓쳐
혼곤한 몸과 마음을 누이고
쓰러져 있을 때
당신도 이 소리를 듣게 되는지 모른다
오늘 당신이 쏟아붓는 이 소리를
덜컹거리는 가슴으로 듣게 되는지 모른다
실천할 수 있는 만큼만 소리쳐라
몸이 쫓아가는 만큼만 정직하게 소리쳐라

무인도

너의 운명은 네 성격 탓이었으리라
육지의 발끝에라도 달려가 붙어 있거나
아니면 물 속으로 차라리 잠겨버릴 일이지
이만큼 거리를 두고 외따로 떨어져
댓잎으로 바람 향해 울을 치고
아침바다 같은 것들만 네게 오게 하는 것이
오지 못하게 한 것들로 한없이 외롭게 사는 것이

너의 운명은 네 고집 탓이었으리라
떠나온 곳에 대한 사랑을 완전히 버리거나
아니면 네 가슴에 인가 몇 채라도 지어
고즈넉한 사람 한둘쯤은 살게 할 일이지
제 깊은 곳에 상사화 몇 포기 자라게 하고
저녁마다 언덕 위에 왕달맞이꽃 키우면서도
바위너설이 물살이 다 문드러지도록 홀로 사는 것이

부드러운 네 고집 탓이었으리라

댓잎 같은 네 성격 탓이었으리라

오늘 하루

햇볕 한 줌 앞에서도
물 한 방울 앞에서도
솔직하게 살자

꼭 한 번씩 찾아오는
어둠 속에서도 진흙 속에서도
제대로 살자

수천 번 수만 번 맹세 따위
다 버리고 단 한 발짝을
사는 것처럼 살자

창호지 흔드는 바람 앞에서
은사시 때리는 눈보라 앞에서
오늘 하루를 사무치게 살자

돌멩이 하나 앞에서도

모래 한 알 앞에서도

그리운 불빛

　산모퉁이 돌아 삼태기처럼 마을을 싸안은 기슭 아래 어둠
을 툭툭 털어내면 그 안에 씨앗처럼 반짝이는 몇 개의 불빛

　창 밖으로 도란도란 흘러나오는 웃음소리 들으며 기와지
붕의 뒷덜미 따스하게 만져주거나 아직도 어느 먼 곳에서 돌
아오지 못한 지친 걸음의 한 사람을 기다리다 늙은 등불

　도시를 빠져나와, 정작 필요한 몇 사람을 위해 겨울이면
겨울나무의 모습을 하고 저 있을 곳에 서 있는, 정겨워서 강
건너 이쪽에서도 언 손을 녹일 것 같은 착한 불빛

5부

살아 있는 것들은 반드시 살아 있음을 표시한다

나뭇가지와 뿌리

나뭇가지 끝을 위에서 내려다볼 수 있다면
얼마나 아름다울까 사랑스러울까
혁명과 좌절과 눈보라 지난 뒤에도
때가 되면 다시 푸른 잎을 내고
하늘로 하늘로 올라오는 숲의
맨 위쪽 어린 가지들을 내려다볼 수 있다면

얼마나 든든할까 땅 속에서 만날 수 있다면
배반과 아우성과 오랜 가문 날이 지나도
갇힌 흙밑을 소리없이 걸어내려가서
아래로 아래로 깊어져가는 뿌리를 만날 수 있다면
깊어져가며 꽃 한 송이씩 밀어올리는
뿌리의 그 순한 눈들을 만날 수 있다면

우리가 싸우고 있는 동안

우리가 싸우고 있는 동안
들에는 들꽃이 하얗게 피었다

우리가 싸우는 동안
나무는 꽃을 잃고도 내색하지 않고
옆의 나무들을 찾아가 숲을 이루었다

우리가 싸우는 동안
오솔길은 큰길을 만나러 달려나가고

부끄럼이 솜털처럼 보송송하던 녀석들이
어느새 어른이 다 되어 있다

단식

아름다운 세상을 꿈꾸는 일은 이토록 어려운가
단식농성장에서 병원으로 실려오는 차 안에서
주르르 눈물이 흐른다, 나이 사십에

아름다운 세상 아, 형벌 같은 아름다운 세상

대추

지쳐 있는 내게 다가와
몰래 하나씩 먹으라고
김선생이 손에 쥐여준
빠알간 대추 한 줌
함께 단식하는 동료들 생각에
차마 못 먹고
주머니에 넣어둔 채
하루 이틀 사흘 나흘……
몸 못 가누고 쓰러져
병원에 실려와 바라보는
얼어붙은 겨울하늘 위로
빠알간 대추 몇 알

겨울강

얼어붙은 강을 따라 하류로 내려간다
얼음 속에 갇힌 빈 배 같은 그대를 남겨두고
나는 아직 살아 있어서 굽이굽이 강길을 걷는다
그대와 함께 걷던 이 길이 언제 끝날지
아직은 알 수 없다 많은 이들이 이 길을 걸어
새벽의 바다에 이르렀음을 끝까지 믿기로 한다
내가 이 길에서 끝내 쓰러진 뒤에라도
얼음이 풀리면 그대 빈 배만으로도 내게 와다오
햇살 같은 넋 하나 남겼다 그대 뱃전을 붙들고 가거나
언 눈물 몇 올 강가에 두었다 그대 물살과 함께 가리라

멀리 가는 물

어떤 강물이든 처음엔 맑은 마음

가벼운 걸음으로 산골짝을 나선다

사람 사는 세상을 향해 가는 물줄기는

그러나 세상 속을 지나면서

흐린 손으로 옆에 서는 물과도 만나야 한다

이미 더럽혀진 물이나

썩을 대로 썩은 물과도 만나야 한다

이 세상 그런 물과 만나며

그만 거기 멈추어버리는 물은 얼마나 많은가

제 몸도 버리고 마음도 삭은 채

길을 잃은 물들은 얼마나 많은가

그러나 다시 제 모습으로 돌아오는 물을 보라

흐린 것들까지 흐리지 않게 만들어 데리고 가는

물을 보라 결국 다시 맑아지며

먼 길을 가지 않는가

때 묻은 많은 것들과 함께 섞여 흐르지만

본래의 제 심성을 다 이지러뜨리지 않으며

제 얼굴 제 마음을 잃지 않으며

멀리 가는 물이 있지 않는가

다시 떠나는 날

깊은 물 만나도 두려워하지 않는 물고기처럼
험한 기슭에 꽃 피우길 무서워하지 않는 꽃처럼
길 떠나면 산맥 앞에서도 날갯짓 멈추지 않는 새들처럼

그대 절망케 한 것들을 두려워하지만은 않기로
꼼짝 않는 저 절벽에 강한 웃음 하나 던져두기로
산맥 앞에서도 바람 앞에서도 끝내 멈추지 않기로

목련비구니

목련도 소리없이 햇볕도 소리없이
나무 끝에 오는 날
해직교사 사는 곳에
어린 스님 바람처럼 오시어
입가로만 소리없이 몇 번 웃으시다
노잣돈 다 털어 손에 쥐여주시곤
꽃길 걸어 돌아가신 날
거리까지 내려온 산벚꽃 향기 짙어라
꽃잎도 소리없이 세월도 소리없이 지건만
꽃 진 자리 푸른 잎 하나
세세생생 짙어라

푸른 잎

며칠째 비바람에 꽃잎 다 지고
그쳤던 비 꽃 진 자리에 다시 쏟아져
이 세상 꽃잎들은 흔적조차 없어지고
꽃을 잃은 가지보다
우리가 더 쓸쓸해 있을 때
어디서 오는 걸까
침묵을 깨치고 일제히 잎을 내미는
가지 속에 숨겨진 내밀한 저 힘들은

새벽거리

새벽거리에 나가보라
이 땅에는 이 캄캄한 시간에
신문을 돌리는 마흔몇 살 해직교사가 있다
하얗게 서린 김 목에 감으며
우유배달하는 거리의 교사 있다
어두워지거든 겨울거리에 나가보라
드럼통에 나무쏘시갯불 붙이며
고구마 구워 파는 쫓겨난 선생님 있다
그러나 자세히 살펴보라
그들이 돌리는 것이
단지 신문과 우유에 불과한지를
그들이 거리에서 피우는 불이
단지 장작불에 불과한지를

이정표

여기가 당신이 찾는 바로 그곳이다
내가 팔 들어 가리키는
저 백양나무 윗길로 가야 한다
그 한마디 하기 위해
기다림에 풀물이 들도록
갈림길 지키고 서 있는
이정표 하나

그래 잘 왔다
별 뜨는 쪽으로 조금 더 가면 된다
그 한마디 전해주려고
한 생애가 다 젖도록
여기 이 혼란한 숲에 갇히어
한 자리를 지켜온
이정표 하나

벽초 생각

괴강에 뜬 별을 잊었을까
제월리 사람들에게 다 나누어주고 간
끝이 안 보이던 땅뙈이야 잊었겠지만
손등만한 야산도 형제끼리 칼부림 송사하는
남쪽 사람들 사는 곳뙈이야 잊었겠지만
느티나무 근처에 모여 살던 사람들이야 잊었을까
제월대에 앉아 쉬다 강물로 내려가
물소리와 함께 가던 밤바람이야 잊었을까
아아, 저 밤강물에 몸을 씻던 별들이야 차마 잊었을까

겨울나기

아침에 내린 비가 이파리 위에서
신음 소리를 내며 어는 저녁에도
푸른빛을 잃지 않고 겨울을 나는
나무들이 있다

하늘과 땅에서 얻은 것들 다 되돌려주고
고갯마루에서 건넛산을 바라보는 스님의
뒷모습처럼 서서 빈 가지로
겨울을 나는 나무들이 있다

이제는 꽃 한 송이 남지 않고
수레바퀴 지나간 자국 아래
부스러진 잎사귀와 끌려간 줄기의 흔적만 희미한데
그래도 뿌리 하나로 겨울을 나는 꽃들이 있다

비바람 뿌리고 눈서리 너무 길어
떨어진 잎 이 세상 거리에 황망히 흩어진 뒤

뿌리까지 얼고 만 밤

씨앗 하나 살아서 겨울을 나는 것들도 있다

이 겨울 우리 몇몇만

언 손을 마주 잡고 떨고 있는 듯해도

모두들 어떻게든 살아 견디고 있다

모두들 어떻게든 살아 이기고 있다

어머니의 채소농사

한겨울에도 어머니의 손끝에서는
푸른 싹이 돋는다
반쪼가리 감자가 부엌 모퉁이에서
흙 묻은 손을 내밀고
겨울 햇볕 근처로 모인 미나리들이
창 밖으로 푸른 줄기를 흔든다
밭고랑에는 턱밑에 얼음이 박힌 흙더미뿐
살아 있는 것이라곤 없는데
어머니는 정성으로 모아둔 햇볕
목을 축일 물 몇 모금만으로
소한 대한에도 연둣빛 손바닥을 펼쳐드는
채소를 키우신다
살아 있는 것들은 반드시
살아 있음을 표시한다는 것을
어머니의 손에 닿는 것들은
이 겨울에도 푸르게 말한다

유순한, 혹은 고삐를 거부하는 말의 집안

―그 외곽에서의 외로운 추장

김훈(소설가)

어떤 말의 한 집안은, 인간의 삶이나, 땅에 밴 인간의 땀과 눈물의 역사로부터 비롯되어, 말은 자신을 세상으로 내밀어 보낸 조건들에 충직하다. 그 말의 집안은 매우 잘 정돈된 서정의 내력을 드러내게 되는데, 그때 말들은 잘 훈련된 봉건의 군대처럼, 역사적 인간의 편에 서서 충용하고도 유순하다. 그리고 이 충용한 말들의 또다른 운명은 부자유이다. 저 충용한 말들의 등에 올라타서, 이 충용한 말들에게 길들여진 길을 따라 길을 떠날 때, 우리는 우리가 올라타고 있는 이 말들의 부자유에 또한 목이 메는 것이리라.

그런데 또다른 말의 집안은, 애초부터, 미쳐서 헤매려는 넋을 타고 태어나는 것이어서, 인간이 역사나 삶의 이름으로 얽어매려는 고삐를 수락하지 않는다. 말이 역사 안으로 일사

불란하게 편입되는 꼴을 보아야만 비로소 마음이 놓이게 되고 직성이 풀리게 되는 것은, 말을 부리는 인간이 말을 경유해서 역사를 부리고 싶은 욕망과 닿아 있기 때문일 터인데, 인간이 말의 편이기보다는 인간의 편이기가 십상인지라, 그런 심사를 역성들기는 쉽지만, 그것은 말에 대하여 어질지 못한 태도일 터이다.

말하자면, 말이 역사 안으로 편입되어야 할 이유는 인간 쪽에 있는 것이지 말 쪽에 있는 것이 아니다. 말은 역사 안으로 들어와서 인간의 땅으로 귀순할 수도 있지만 역사의 바깥쪽, 저 무한천공 속을 미친 넋으로 떠돌고 헤맬 수도 있을 터이다.

역사 안으로 귀순한 이 충용하고도 유순한 말의 잔등에 올라탈 때, 나는 그 말의 고삐를 이제 그만 풀어주고 싶은 충동에 끄달려왔다. 말(言)이 술 취한 김유신의 말(馬)처럼, 주인을 싣고 기생집으로 간들, 그것은 오직 말의 뜻일 것이고, 말은 자신의 길을 가야 할 사명이 있을 것이다.

*

도종환의 시 속에서 말들의 길은 내가 이 작문의 서두에서 말한, 그 모호하고도 절박한 두 갈래 길 중 어느 한 갈래를 따라가는 길이 아니다. 도종환의 시 속에서 말들은 권력의 길을 따라가지도 않고, 초월의 길을 따라가지도 않는다. 나는 말에 고삐를 씌우고 재갈을 물려서 강아지처럼 끌고 다니는 많은 시인들을 안다. 나는 또 말의 고삐를 완전히 풀어주어버리고 멀리, 무한천공으로 달아나버린 말의 뒷전에서 사라진 말들의 환영을 괴로워하는 많은 시인들을 안다.

도종환의 시 속에서 말들은, 우선, 권력이나 초월에 대한 동경으로부터 벗어나 있다. 도종환의 말들이 바라보고 있는 곳은 그리 멀기나 높은 곳이 아니다. 그의 시의 이떤 구절들은, 인생론적 푸념들이, 표현이 아니라 직설적 설명의 수준에 머물러 있기는 하지만, 그러나 그의 시는 그가 살아온 삶만큼의 언어라는 점에서 순결하다. 그의 언어는 권력이나 초월의 집안의 언어가 아니고, 그 양쪽 집안을 능숙하게 넘나드는 유격의 언어도 아니다. 언어에 관한 한 그는 그 자신이 작은 캠프를 스스로 건설한, 외로운 추장인 셈이다.

나는 무지막지한 시대를 죽지 않고 살아온 한 무력한 시민으로서, 그의 전교조 해직 전력을 존중하지만, 시의 한 독자로서는 그의 전력을 그다지 존중하지 않는다.

그의 시는 허망한 노선싸움으로, 텍스트도 없는 한 시대를 열심히 바쁘게 치고받아온 이쪽 저쪽의 그 어느 편에도 속하지 않는다. 그의 시는 그의 언어가 구축한 세계, 자신의 삶에 의해서 겨우 내밀어올려진 그 정직한 세계 안에서의 자족함

을 이룬다. 그가 시에서 말하기를,

> 몸은 지쳐 쫓아가지 못하는데
> 마음만 말을 타고 구만리를 앞서가다
> 몸은 마음을 잃고
> 마음은 몸을 놓쳐
> 혼곤한 몸과 마음을 누이고
> 쓰러져 있을 때
> 당신도 이 소리를 듣게 될는지 모른다
> 오늘 당신이 쏟아붓는 이 소리를
> 덜컹거리는 가슴으로 듣게 될는지 모른다
> 실천할 수 있는 만큼만 소리쳐라
> 몸이 쫓아가는 만큼만 정직하게 소리쳐라
>
> ―「소리」 전문

라고 하였는데, 이 시는 그 마지막 두 행의 시적 추락에도 불구하고 그의 시집 전체를 관통하는 표제시의 역할을 감당해내기에 손색이 없다.

「소리」는 그의 시론이며 입지점이며 지향처인 것이다. 그리고 「소리」라는 시 자체가, 그 시로서 말하려는 시론의 지향성에 의하여 씌어진 시라고 할 수 있다. 그 시에 따르면, 몸과 마음이 서로 떨어지게 되는 까닭은 "말" 때문이다. 마음이 말을 하고 "구만리" 앞을 달아나기 때문이다. 그래서 몸은 버려지게 되는 것인데, 말의 잔등이에 올라타 구만 리를 달려간 마음은 다시 구만 리 뒤에 버려져 있는 몸으로 돌아온다. 그러므로 말을 타고 떠난 마음은 사실상 떠난 것이 아니다. 몸과 마음의 작별은 이루어지지 않는다. 몸과 마음이 늘 동거하면서도, 말로부터의 유혹에 끄달리는 마음은 언제나 말의 잔등이에 올라타려 한다. 삶이 고통스런 것은 현실이 고통스럽기 때문이기도 하지만, 그보다 더 근본적으로는, 늘 올라타라고 잔등이를 내미는 이 고삐 풀린 말의 유혹 때문이기도 하다. 마음이 말의 등에 타고 멀리 갔을 때 몸과 마음은 함께 피곤하다. 그런데 도종환의 시에 따르면, 말을 타고 멀리 간 마음도 몸으로부터의 끈에 의해 강하게 속박되어 있다. 마음은, 날랜 말(言)의 등에 업혀 어디론지 가고 싶지만, 마음은 몸으로부터 한 발자국도 멀어지지 못한다. 마음은 몸을 이끌고 가든지 아니면 가지 못하든지 둘 중의 하나이다. 그의 시 가운데 가장 빛나는 대목은 그 마음이 몸을 이끌고, 실제로 걸음을 옮겨갈 때이다.

그런 걸음걸이는 어떻게 가능할 수 있는가. 마음이 어떻게 몸을 이끌고 앞으로 나아가는가. 나는 그 질문에, 물증을 들이대며 대답할 수 있는 행복을 누리겠다. 그 물증은 다음 몇 행이다.

> 어둔 길 헤쳐간다고 천만 근 등불을 지고 가는 어리석음이여
> 창 하나 제대로 열어놓아도 하늘 전부 쏟아져오는 것을
> —「책꽂이를 치우며」중에서

이라는 시행을 읽을 때, 우리의 몸은 마음으로부터 버림받는
자리로부터 문득 벗어나 다시 마음과 결합할 수 있는 행복한
지점으로 옮겨가는 것이다. 이 이동의 방향은 물론 땅 위를
향한 이동이다. 도종환의 시 속에서 모든 새로움은 지상에서
이루어지는 새로움이다. 그리고 몸이 옮겨간 땅 위에는 다시
'창'이 있어서 그때 몸과 마음이 결합된 온전한 자아는 하늘
전부를 받아들일 수 있게 된다.

  그의 마음이 그의 몸과 삶의 하중을 이끌고 새로움을 향하
여 실제로 이동할 수 있는 행복이란, 그의 시 속에서, 그리
흔히 누릴 수 있는 행복은 아니다. 그 행복이 흔할 수 없는
까닭은 그의 마음이 말에 실려서 혼자 달려가는 마음이 아니
기 때문일 것이다. 마음이 몸을 끌고 갈 수 없을 때, 그의 마
음은 혼자 가지 않고 끌고 갈 수 없는 몸의 곁에 머문다. 그
마음은 끌고 갈 수 없는 몸의 옆에 누워서, 그 몸과 몸이 처

한 현실의 고통을 새겨낸다. 그것은 고통이거나 혹은 아름다움이다.

그의 몇몇 행복한 시편들은 마음에 끌려 새로움으로 옮겨가는 몸의 기쁨을 보여주지만, 그의 보다 많은 불행한 시편들은 몸을 밀고 나갈 수 없는 마음의 슬픔과 그 슬픔의 추스름에 관한 시들이다.

그때 그의 시의 언어들은 몸 곁에 눕는 마음의 질감을 닮는 것이어서, 그 언어는 따숩다. 그 순한 언어의 보기를 들면 이렇다.

사람들이 착하게 사는지 별들이 많이 떴다
개울물 맑게 흐르는 곳에 마을을 이루고
물바가지에 떠담던 접동새 소리 별 그림자
그 물로 쌀을 씻어 밥 짓는 냄새 나면
굴뚝 가까이 내려오던
밥티처럼 따스한 별들이 뜬 마을을 지난다

사람들이 순하게 사는지 별들이 참 많이 떴다

—「어떤 마을」 전문

같은 시에서, "사람들이 착하게 사는지 별들이 참 많이 떴다"

의 '지'는 구속력이 전혀 없는 연결어미이다. 이 '지'는 그 앞과 뒤의 인과관계를 설명하지 못하고, 앞뒤 사이의 정황을 추론하지 못한다. 이 '지'는 거의 과학에 도달하지 못한 연결어미다. 그러나 그의 시행 속에 나타난 이 '지'는 과학의 논리성을 뛰어넘고 있다. 이 '지'는, 사실, 그 앞과 뒤의 인과관계를 어느 정도 설명을 하고 있기도 하지만, 무릇 인과관계를 설명하려고 덤비는 모든 언어들의 난폭한 구문의 틀을 전혀 드러내 보이고 있지 않다.

그것은 과학이 아니지만, 과학이 아니면서도 과학 이상이다. 이 '지'는 결국 시인의 '지'인 것이다. 이 '지'에 의해서 사람들이 순하게 산다는 이 모호하고도 막연한 진술은 "별들이 참 많이 떴다"는 가시적 현실과 영롱하게 연결되면서 '어떤 마을'의 삶의 질감을 구성해내는 데 성공한다.

그러나 이 '지'는 그 모든 시적 성공을 가능케 하는 언어적 작용을 수행하면서도, 얼마나 겸손하고 낮게 숨어 있는 것인가. '지'는 어떠한 구문론적 지위나 권위를 소리쳐 요구하지도 않고, 그저 다만 문장 속에서 흘러가버릴 뿐이다.

도종환의 시들은 이처럼 삶 속에서 밀어올려진 언어들의 순하고 순결한 세계이다. 그의 언어의 구문론적인 순함이 리듬의 순함에 맞물려 나타날 때 도종환의 시는 그 두 박자를 주조로 하는 리듬의 갑갑함 속에서도 일정한 자유로움을 획

득하는 것이다. 나는 두 박자의 자연과 두 박자의 속박에 대
하여 좀더 오래 생각하게 될 것이다.

흔들리지 않고 피는 꽃이 어디 있으랴

무리지어 피어야 아름다운 꽃이 있습니다. 붉고 고운 꽃과 녹색 이파리가 무성하게 어우러져 피어 있어야 아름다운 꽃이 있습니다. 동백꽃이 그렇고 영산홍, 철쭉꽃, 원추리꽃이 그렇습니다.

그런가 하면 간결하고 담백하게 있어야 아름다운 꽃이 있습니다. 매화는 가늘고 매끈한 가지에 희고 작은 꽃 몇 송이 앉아 있어야 제격입니다. 난은 꽃도 없이 휘어진 이파리 몇 촉만으로도 제 기품을 오롯하게 유지합니다. 작아도 매화의 향기는 멀리 가고, 가늘고 여려도 난초의 품격은 가볍지 않습니다.

삼십대에 쓴 시들은 무리지어 피는 꽃처럼 들판과 능선을 향해 달려갔습니다. 세상을 향해 꽃으로, 꺾어진 가지와 상처로, 지는 잎으로 하고 싶은 이야기가 많았습니다. 그렇게 달려가다가 저는 돌부리에 걸려 넘어졌습니다. 허리 꺾인 꽃이 되어 마흔 고개를 넘게 되었습니다. 이 시집에 실려 있는 시들은 그 무렵에 쓴 것들입니다.

단식농성장에서 병원으로 실려와 있는 동안 저는 전쟁터에서 야전병원으로 후송되어온 병사를 생각했습니다. 다치기 이전의 제 삶은 전쟁터에 있는 것과 같았고, 싸움에서 이기기 위해 저는 제 시를 깃발처럼 휘날리거나 나팔 소리처럼 끌고 다녔습니다.

다쳐서 쓰러진 뒤에 저는 비로소 제 시에게 미안한 생각이 들었습니다. 내가 후방에 후송되어 있는 동안만큼은 시를 놓아주고 싶었습니다. 내가 가기로 정한 길로 시를 끌고 가려고만 하지 말고 시가 가자는 대로 따라가주고 싶었습니다. 시에게 쏟아붓던 말도 조금은 삼가고 시의 말에 귀 기울이기로 하였습니다.

시의 어깨에 얹었던 무거운 무게들도 조금은 내려주고 편

안하게 있도록 해주자 하는 생각을 했습니다. 목소리에 힘이 들어가고 과장된 몸짓이 있었다면 덜어내자는 것이었습니다. 약한 모습이 있으면 있는 대로 솔직하게 드러내고, 오래된 외로움이 지워지지 않고 있으면 있는 대로 감추지 말고, 흔들리고 있으면 흔들리고 있다고 말하는 게 정직한 태도라고 생각했습니다. 흔들리지 않고 피는 꽃이 어디 있겠습니까.

무더기로 피어서 세상을 아름답게 바꾸어버리지 않으면 안 된다는 조급함에서 시를 풀어주면서 매화 같은 시, 난 한 촉 같은 시를 만나고 싶었습니다. 선경후정(先景後情). 말을 먼저 하지 말고 주위의 정경을 천천히 살펴본 다음에 이야기를 꺼내자고 생각했습니다. 가능하면 나 혼자 다 말하지 말고 거기서 만난 사물과 형상을 통해 말하자는 생각을 했습니다. 입상진의(立像盡意)하자는 생각이었습니다. 그리하여 정경교융(情景交融)할 수 있다면 좋겠다는 생각이었습니다.

아니 이런 말도 하지 말고 될 수 있는 대로 시를 짧게 쓰고 말도 적게 하자고 마음먹었습니다. 그 대신 고요하고 깊어지고 싶었습니다. 해야 할 이야기를 하지 말자는 것이 아니라 줄여서 말하고 집약해서 말하자는 것이었습니다. 이야기를 그만 하자는 것이 아니라 다르게 표현해보자는 것이었습니

다. 그리하여 당분간은 시가 저 혼자 제 노래를 부르게 해주
자는 거였습니다.

　후방에서의 병상생활이 머지않아 끝날 것이므로, 전선에
서는 매운 연기 오르고 싸움은 계속되고 있으므로, 나도 또
어딘가로 가야 할 것이므로. 가서 또 무슨 일인가를 하고 꽃
을 피우고 낙화를 아프게 지켜보아야 할 것이므로.

2006년 봄 매화꽃 차게 피는 구구산방에서

도종환

도종환

충북 청주에서 태어나 충남대에서 박사학위를 받았으며, 주성대 문예창작과 겸임교수를 역임하였다. 신동엽창작상, 민족예술상, 2006 올해의예술상, 정지용문학상, 윤동주문학상, 백석문학상, 공초문학상 등을 수상했다. 시집『고두미마을에서』『접시꽃 당신』『당신은 누구십니까』『부드러운 직선』『슬픔의 뿌리』『해인으로 가는 길』『세시에서 다섯시 사이』『사월 바다』『정오에서 가장 먼 시간』, 산문집『도종환의 삶 이야기』『모과』『사람은 누구나 꽃이다』『그대 언제 이 숲에 오시렵니까』『마음의 쉼표』가 있다.

흔들리며 피는 꽃

ⓒ 도종환 2006

1판 1쇄	1994년 7월 26일
1판 19쇄	2003년 1월 27일
2판 1쇄	2006년 4월 24일
2판 7쇄	2012년 7월 23일
3판 1쇄	2012년 8월 14일
3판 22쇄	2025년 7월 10일

지은이 도종환

책임편집 조연주 오경철 | 저작권 박지영 형소진 오서영 조경은

마케팅 정민호 서지화 한민아 이민경 왕지경 정유진 정경주 김수인 김혜원
    김예진 나현후 이서진

브랜딩 함유지 박민재 이송이 김희숙 박다솔 조다현 김하연 이준희

제작 강신은 김동욱 이순호 | 제작처 한영문화사(인쇄) 경일제책(제본)

펴낸곳 (주)문학동네 | 펴낸이 김소영
출판등록 1993년 10월 22일 제2003-000045호
주소 10881 경기도 파주시 회동길 210
전자우편 editor@munhak.com | 대표전화 031)955-8888 | 팩스 031)955-8855
문학동네카페 http://cafe.naver.com/mhdn
인스타그램 @munhakdongne | 트위터 @munhakdongne
북클럽문학동네 http://bookclubmunhak.com

ISBN 89-546-1893-9 03810

www.munhak.com